Andreas Krauße

Das Glück trägt Blumen als Gewand

AF202367

tredition

Andreas Krauße

Das Glück trägt Blumen als Gewand

 tredition

Andreas Krauße, Jahrgang 1968, wuchs in einem Märchenland auf, das heute verschwunden ist. Seine feste Burg war umringt von sieben blauen Seen und nicht wenig flachem Land. Schon als Junge flog er hoch hinauf zu den Wolken. Er wollte sehen, was dahinter ist. Später studierte er zwischen hellen Bergen über den Ursprung der Energie. Dort, wo ein König einst sein Gewicht in Gold aufwog. Er wollte wissen, wie alles funktioniert. Zu jeder Zeit aber träumte er! Denn verwoben mit der Fantasie, glitzert die Welt so festlich, wie sie immer sein wollte! Heute lebt Andreas im Norden; er schreibt Geschichten, Novellen und Romane. Es sind seine Träume, in Worte gefasst. Lies sie – genau dafür hat er sie aufgeschrieben!

Impressum
© 2023 Andreas Krauße

3., neu bearbeitete Auflage

ISBN Softcover: 978-3-347-95182-2
ISBN E-Book: 978-3-347-95183-9

Druck und Vertrieb: tredition GmbH, An der Strusbek 10, 22926 Ahrensburg, Germany

Wir fangen den Fisch im Meer.
Das Gemüse ernten wir auf den Feldern,
und Kräuter und Früchte finden wir reichlich im Wald.
Wir vertrauen darauf.
Denn wir haben das Glück gefunden.

1

Meine Frau war fort. Weggeschleift wie der Junge. Ihr Tod kam mit Motorengeheul aus dem Nichts und fegte sie einfach aus dem Leben. Es war ein Anschlag wie eine Wasserwelle. Ein vernichtender Tsunami zur Weihnachtszeit. Mitten in Berlin.

,Ja, sie haben gelitten, ehe sie starben! Es war wie Ertrinken, verdammt!', sagte mir ein Helfer ernüchtert, ehe er weiterging. Immer, wenn ich später an seine Worte dachte, würgte ich die Übelkeit wieder hervor. Er hätte besser die Schnauze gehalten!

Wie vorher konnte ich nicht mehr leben danach. Ich verschenkte alles und floh vor mir. Es verschlug mich ausgerechnet an einen Ort, an dem schon Tausende umgekommen waren - durch einen Tsunami, der gegen die Inseln kämpfte. Die Seelen seiner Opfer gingen einfach unter, damals, am zweiten Weihnachtstag. Waren sie denn alle schuldig?! War ich es etwa?

Mit solchen Gedanken im Kopf saß ich in der schmuddeligen Halle des abgelegenen Feldflugplatzes. Mitten in der Steppe, weit weg von der schmerzlichen Erinnerung, wartete ich auf meinen Flug an den Ort des Vergessens.

Da sah ich sie.

Mir direkt gegenüber saß sie auf einer Bank. Sie rutschte hin und her darauf, schob ihre schweren Wanderstiefel immer wieder über die Bodenfliesen, und spielte verloren mit einem bunten Blumenband, das sie um die linke Armbeuge trug. In ihr tobten wohl ebenso düstere Gedanken wie in mir.

„Ich heiße Anouk", sagte sie mit einer vollen dunklen Stimme, als sie meinen Blick bemerkte. Bei jedem einzelnen ihrer Worte schwebte ein unergründliches Geheimnis mit hinaus auf die Lippen und blieb dort haften. So schien es mir jedenfalls. Anouk war mir unbegreiflich - und für einen kostbaren Augenblick vergaß ich alles andere ringsum. Sie hatte sich nach vorn gebeugt, so, als wolle sie aufstehen und zu mir kommen. Einfach so.

„Woher kommst du?", riss sie mich aus meinen Gedanken.

Und schon war alles wieder da! Die Erinnerung, der Schmerz, meine Trauer. Wie ich es hasste, mich zu erinnern! Mein Blick musste Bände sprechen.

Denn sie wich vor mir zurück, murmelte eine Entschuldigung und plumpste auf ihren Sitz zurück. Dort hockte sie dann zusammengesunken, scharrte wieder mit den Schuhen am Boden und schluckte hart, als ob sie verdurste.

Ich sah die Schweißperlen auf ihrer Stirn. Ihre Hände waren derart verkrampft und die Finger so ineinander geknotet, dass ihre Knöchel weiß gepresst hervorstachen. Was hatte sie nur? So sehr konnte ich sie doch unmöglich erschreckt haben! Ich holte eine Flasche Wasser aus dem Rucksack und reichte sie ihr.

„Frieden?", ich lächelte dabei.

Sie brauchte lange, ehe sie reagierte. Und als sie zu mir aufsah, sah ich in ihren dunkelbraunen Augen so etwas wie Panik. Verdammt, sie hatte eine Heidenangst!

„Was ist mit dir?", erschrak ich.

Als Antwort schüttelte sie nur den Kopf. Mit beiden Händen griff sie zitternd nach der Wasserflasche. Wie eine Strauchelnde, die sich nach einem Ast am Ufer reckt, damit die Flut sie nicht mitreißt. Sie packte mit aller Kraft zu.

Trotzdem polterte die Flasche zu Boden.

Da sprang sie auf, wühlte etwas aus ihren Sachen hervor, und rannte auch schon los damit.

„Passt du auf?", rief sie mir noch zu, und ihr Blick dabei glänzte vor Hoffnung.

Oder waren es Tränen?

Ich nickte einfach. Doch das hatte sie bestimmt nicht einmal mehr bemerkt. Sie hatte längst die Tür zur Toilette hinter sich zugeschlagen.

Ich stand einfach da und sah auf diese Tür. Rostiges Blech, von der Luft zerfressen und unansehnlich geworden.

„Verbogen vom Leben", murmelte ich.

Das passte zu mir, fand ich. Ich und eine rostige Klotür irgendwo im Niemandsland.

Danach holte ich einfach meinen Rucksack herüber zu Anouks Bank. Es war Platz genug. Oder lieber anders herum? Wenn ich ihr Gepäck zu meiner Bank brächte, dachte sie womöglich, ich wolle sie bestehlen!

„Ich vertraue dir!", flüsterte Anouk da schon hinter mir und legte ihre Hände auf meine Schultern.

Sie fühlten sich kühl an - und dennoch war es wunderschön, sie zu spüren.

'Als ob alles leichter wird dadurch!', ging mir durch den Kopf.

„Ja", flüsterte sie wieder. Doch diesmal war wieder dieses Dunkle mit dabei, das alles um Anouk geheimnisvoll machte.

„Du reist dorthin?", sie zeigte auf den Aufkleber an meinem Rucksack.

Ich nickte.

„Dann fliegen wir zusammen!", rief sie aufgekratzt.

„Warum willst du da hin?", fragte ich zurück.

Ihr Blick wurde traurig. Sie presste ihre Lippen zu schmalen blassen Strichen zusammen, und auf ihrer Stirn bildeten sich kleine senkrechte Kerben, dort, wo die Nase begann.

„Ich muss einfach", krächzte sie. Dann drehte sie sich weg und kauerte sich auf ihren Platz.

Ihr war elend zu Mute, spürte ich. Auch sie lief vor irgendetwas fort. Und dieses Etwas trieb sie vor sich her wie ein Tsunami.

Tsunami.

Dieses bescheuerte Wort! Eine verfluchte Erinnerung!

Ich ballte meine Faust und setzte mich neben Anouk.

Bis zum Einchecken schwiegen wir.

Selbst am Schalter sagte sie noch kein Wort zu mir. Es war, als sei ich überhaupt nicht mehr da. Ich seufzte innerlich. Auf meiner Flucht vor mir selbst würde ich wieder allein sein.

Doch als ich meinen Rucksack schultern wollte, warf sie mir einen so hilfesuchenden Blick zu, dass es mir das Herz zerriss.

Es war mir völlig egal, was das Personal in diesem Moment über uns dachte. Es störte mich auch nicht, dass wir den Passagieren, die mit uns eincheckten, im Weg standen. Ich nahm Anouk einfach in die Arme.

Sie klammerte sich an mich wie ein Kind, das sein Herz verloren hat. Ihr Kinn presste gegen meine Schulter, sie zitterte am ganzen Körper und sie schluchzte, während sie mir ins Ohr raunte.

„Verzeih mir bitte. Es tut nur so sehr weh!"

Ich hielt sie einfach fest und wartete eine Weile. Was sollte ich sonst tun? Ich wusste ja nicht einmal, was sie so quälte.

„Haben sie Flugangst?", die Flugbegleiterin drückte mir meinen Rucksack in die Hand und sah Anouk voller Mitgefühl an.

Anouk schüttelte den Kopf, während ich zeitgleich nickte.

„Sie sollten jetzt einsteigen. An Bord helfe ich ihnen. Sie brauchen überhaupt keine Angst zu haben", die Stewardess schob uns sanft auf das Rollfeld zu.

Die kleine Propellermaschine wartete. Und die Tür zur Wartehalle schloss sich hinter uns mit endgültigem Grollen.

2

Seit Stunden flogen wir schon. Zerfurchte Berge mit vereisten Gipfeln hatten die staubige Steppe längst abgelöst, deren dürres Gras von hier oben wie ein sich immerfort bewegender samtiger Teppich aussah. Längst wuchs in den Tälern unter uns wieder sattes Grün, teilten spiegelnde Flüsse die Felder. Die bunten Hütten der Bauern wuchsen stetig am Ende jedes festgetretenen Weges.

Wir hatten zur Landung angesetzt.

Anouk sah aus dem Fenster. Ihr glattes schwarzes Haar hatte sie zu einem langen Zopf geschlungen. Und die Sonnenstrahlen, die durch das kleine Bullauge in die Kabine tunkten wie ein warmer Pinsel, hinterließen einen bläulichen Tupfer darauf, wenn sie trafen.

Verwundert hatte ich zugesehen, wie geschickt sie den Knoten gebunden hatte. Ich hätte Stunden dazu gebraucht. Ich lächelte in mich hinein. Wahrscheinlich hätte ich es trotzdem nicht hinbekommen.

Ihr gebräuntes Gesicht war schmal. Es passte zu ihr. Ihr T-Shirt verriet einen schlanken Körper mit kleinen Brüsten, ihre Arme waren von der Reise gebräunt und sehnig, aber nicht dürr. Die Beine in den kurzen Hosen ebenso. Dort, wo man Muskeln brauchte, wenn man unterwegs war, hatte sie auch welche.

'Aber kein einziges Gramm Fett!', schoss mir neidisch durch den Kopf. Unauffällig befühlte ich meinen Bauch. Schlaff wölbte er sich schlaff über den Anschnallgurt. Meine Haut war blass und stumpf.

Anouks dagegen schimmerte samtig-braun, war zum Streicheln schön. Sie sah bezaubernd aus, wie sie so selbstvergessen aus dem Fenster sah. Und ihre Augen glänzten wieder. Auch das Zucken, das sie auf halber Strecke heimgesucht hatte, war verschwunden, seit sie auf der Toilette gewesen und sich den Schweiß von der Stirn getupft hatte. Sie sah aus wie eine Touristin auf dem Weg in ihr Urlaubsparadies.

Nur die tiefen Ringe, die sich unter ihren Augen abzeichneten, und die zuckenden Mundwinkel, wenn sie sich unbeobachtet fühlte, bewiesen mir, dass sie eben keine Urlauberin war!

Ich wollte sie danach fragen, wenn wir gelandet waren. Das musste ich einfach tun. Irgendetwas sagte mir, dass Anouk mich brauchte. Mehr, als sie eingestanden hatte bisher.

Plötzlich fiel mir auf, dass ich in den Stunden an Anouks Seite nicht ein einziges Mal an die Vergangenheit gedacht hatte! Womöglich war ich derjenige, der Anouk brauchte, um endlich zu vergessen!

Anouk willigte ein, mit mir zusammen vom Landeplatz in die Stadt zu laufen. Mit vier Kilometern war die Strecke überschaubar. Wir waren ausgeruht, und so schwer war unser Gepäck nicht.

„Was soll schon schiefgehen?", lachten wir uns an und stapften los.

Es ging alles schief.

Auf halber Strecke brach Anouk plötzlich zusammen. Sie röchelte und ihr Gesicht lief blau an, bis sie sich erbrach. Bei jedem rasselnden Atemzug danach spuckte sie hellen Schaum. Jetzt waren ihre Wangen eingefallen wie die einer alten Frau. Und ihre Haut war grau und stumpf und schwitzig geworden. Ihre Augen flehten mich an, bei ihr zu bleiben, und ihre Hand krampfte sich um meinen Arm, dass es verdammt wehtat.

Ich zitterte am ganzen Körper und sah mich gehetzt um. Doch nirgends erkannte ich ein Lebenszeichen. Niemand schien heute unterwegs. Nicht einmal der Wind schob die Wolken umher.

Also breitete ich in der sengenden Sonne meinen Schlafsack aus auf dem staubigen Weg, stopfte meine Kleidung als Kopfkissen darunter, und bettete Anouk, so bequem es ging. Ich hockte mich neben sie. Mit einem T-Shirt wischte ich ihr immer wieder den Schaum vom Mund.

Wie lange das so ging, wusste ich nicht. In diesem Augenblick gab es für mich keine Zeit. Es gab nur Anouk. Das Mädchen Anouk, das mit etwas Dunklem kämpfte und knapp davor war, zu verlieren.

Tobte in ihr der gleiche mörderische Tsunami, vor dem auch ich floh? War es überhaupt richtig, vor ihm davonzulaufen? Vielleicht war es mutiger, sich dem Übel zu stellen - so, wie Anouk es gerade tat!? Was auch immer es bei ihr war.

Plötzlich lag sie ganz still und ließ meine Hand los.
Ich erschrak regelrecht!
Sie sah mich an, ihr Mund zuckte und ihr Atem ging flach. Doch sie hatte aufgehört zu zittern. Sie sah mir einfach in die Augen.

Ihre Lippen bewegten sich nach einer Weile, sie nahm wieder meine Hand und hielt sie fest. Und irgendwann, zwischen meiner Erleichterung und ihrem Schluchzen, begriff ich, dass sie mir etwas sagen wollte.

Ich half ihr, sich aufzusetzen.

Sie trank unser ganzes Wasser bis auf einen Rest aus. Den goss sie sich mit Schwung in das verschmierte Gesicht und rieb es mit meinem besten Shirt sauber. Sie rülpste danach, als hätte sie gut gegessen.

Für einen Moment dachte ich, sie wolle sich wieder übergeben.

Doch sie saß auf meinem Schlafsack, hielt sich den prallgefüllten Bauch, und grinste zu mir herüber.

Ihr Feixen verschwand aber rasch, als sie das Durcheinander um sich herum sah und meine verdreckten Sachen.

„Ich hätte es dir längst sagen sollen: Ich bin krank", sagte sie in diesem bedeutungsschwangeren Tonfall, der sich immer zwischendurch auf ihre Stimme legte.

Sie kramte plötzlich in ihren Sachen herum.

„Wenn ich wieder gesund bin, ziehe ich als Erstes das hier an!", sie stand auf und hielt ein kurzes Sommerkleid vor sich hin.

Es war eng geschnitten, selbst für ihre Figur. Die dunkelblauen Blumen darauf hatten einen violetten Stich, der dem hellblauen Untergrund Leben einhauchte.

Anouk hielt mir das Kleid entgegen, und der leichte Stoff folgte jeder ihrer Bewegungen. In der Abendsonne schien er fast durchsichtig. Anouk mit ihrer braunen Haut würde herrlich darin aussehen!

„Und wann ist es soweit?", ich wusste nicht recht, was ich sonst sagen sollte.

Das Kleid fiel in sich zusammen.

Anouk rollte es ganz langsam ein und verstaute es wieder sorgsam.

„Das weiß ich nicht", murrte sie und wühlte sich durch ihr Gepäck, „ich arbeite daran."

„Sag es mir, Anouk", bat ich sie sanft.

Ich spürte erneut, dass sie meine Hilfe brauchte. Und ich wusste auf einmal, dass ich ihr beistehen wollte.

Einen Moment lang stand sie unbeweglich mitten auf dem Weg, als grüble sie. Dann griff sie blitzschnell in ihre Tasche, zog ein Päckchen heraus, und warf alles andere mit Schwung in den Staub. Sie hielt mir das Päckchen hin.

„Ich nehme Drogen, bin ein Junkie. Sie haben mich dazu gemacht!", sie wies hinüber zu den Bergen, über die wir geflogen waren, und noch weiter fort.

Ich stand da mit ihr auf dem Weg und wusste nicht weiter. In meinem bisherigen Leben hatte ich nie Kontakt mit Rauschgift gehabt. Was ich da gerade erlebt hatte, war wohl eine Art Entzug!

„Guck hin, so sehr brauchte ich es!", sie fauchte mich trotzig an und riss das Blumenband von ihrem Arm.

Jetzt sah ich die zahllosen feinen Einstiche in der Armbeuge. Deshalb also die Blumen.

„Sie stießen mich in ein dunkles Zimmer. Dort hielten zwei mich fest, ein Dritter spritzte mir dieses Zeug! Alle paar Stunden, tagelang. Ewig lange!", Anouk wimmerte und fiel auf die Knie. „Damit ich ihnen gehorchte und meinen Körper hingab!"

Sie starrte das Päckchen an, das sie die ganze Zeit über in der Hand gehalten hatte, und krümmte sich, als ob sie sie schlugen.

„Bis ich es herbeisehnte", flüsterte sie und öffnete vorsichtig das Päckchen, als ob es einen Schatz enthalte.

Ihr Gesicht verzerrte sich voller Wut. Mit einem Ruck warf sie den Inhalt auf den staubigen Weg und schlug mit ihren Fäusten so lange auf die kleinen Tüten mit Pulver ein, bis diese im Dreck zerplatzten.

Die erste Windböe an diesem Abend riss den Staub vom Weg empor. Und als er sich wieder gelegt hatte, war auch von dem Pulver nichts mehr übrig.

„Scheißzeug! Soll der Himmel doch zusehen, wie er clean wird!", Anouk stand auf und sah nach oben.

Dann erkannte sie mich wieder. Und lief zu mir. Sie kniff die Lippen zusammen und senkte den Kopf unmerklich, als sie vor mir stand.

„Das, was vorhin passiert ist, wird noch oft geschehen. Wenn ich es aber geschafft habe, bin ich endlich wieder frei, verstehst du?", sie wies auf das verdreckte T-Shirt und straffte sich, „morgen wird es am schlimmsten sein!"

3

Spät am Abend kamen wir in der Stadt an. Wir nahmen uns ein Zimmer in einem einfachen kleinen Hotel, gleich an der belebten Hauptverkehrsstraße.

„Wozu lange suchen?", Anouk hatte mich einfach mit in das Gebäude hineingezogen und ich war ihr überrumpelt hinterhergestolpert.

Das Zimmer hatte nur ein winziges Fenster, bei jedem schweren Fahrzeug, das vorüber rumpelte, wackelte das ganze Haus, und die Geräusche der Nachbarn drangen sehr vernehmlich durch die dünnen Wände.

„Morgen weckt uns die Sonne!", freute sich Anouk.

Das Negative, das mich störte, sah sie einfach nicht. Stattdessen öffnete sie einfach das Fenster, lehnte sich hinaus und sog den Geruch der Stadt tief in sich ein.

„Ich habe mächtigen Hunger!", drehte sie sich nach einer Weile zu mir um.

Wir liefen die Straße entlang und suchten eine Garküche. Es schien nur eine einzige in dieser Gegend zu geben. Anouk zögerte kurz und wollte mich weiterziehen.

„Lass uns hier etwas essen", hielt ich sie zurück, „weiter unten sieht es bestimmt nicht besser aus. Und nachher haben wir es nicht weit bis ins Hotel."

Sie verzog den Mund und ihr Blick hätte mir eine Warnung sein müssen. Doch ich sah nicht richtig hin. Und diesmal folgte sie mir.

Also verließen wir den bunten Schein der Straßenlichter. Und tauchten ein in das verrauchte Dämmerlicht der fremden Garküche.

Der enge Raum quoll über von lautstarken Männern, die berauscht waren vom Bier. Sie redeten und rauchten und tranken, als ob es kein Morgen gäbe. Es war sogar noch ein Tisch frei! Wir setzten uns.

Anouk beugte sich zu mir herüber.

„Ich will hier weg!", flehte sie mich an.

Dann nickte sie mit dem Kopf zu einer kleinen runden Fläche hinüber und presste meine Hand.

Ich erschrak.

Deutlich erkannte ich auf der runden Bühne die glänzende Stange, an der ein nacktes Mädchen tanzte.

An den Schenkeln hatte sie zahlreiche blaue Flecken, war abgemagert, und selbst ins Gesicht hatten die Schweine sie geschlagen. Das Schlimmste aber waren die vielen Einstiche in ihrem Arm.

Was war ich für ein Trottel! Anouk hatte es gespürt - und ich schleppte sie zu ihrem schlimmsten Albtraum!

„Raus!", entschied ich und stand ruckartig auf.

Da wurde es schlagartig still im Gastraum und alle sahen zu uns herüber.

Ich ergriff Anouks Hand und zog sie langsam in Richtung Straße.

Doch am Ausgang verstellten uns drei Kerle den Weg. Sie grinsten uns an. Einer von ihnen, mit einer hässlichen Narbe im Gesicht, deutete zuerst auf Anouk und danach auf die Bühne. Danach zog er gemächlich ein Messer und sagte etwas mit seltsam schriller Stimme zu mir.

'Scheiße!', dachte ich und holte tief Luft. Danach dachte ich nicht mehr nach.

Mit aller Kraft schlug ich dem Mann einfach ins Gesicht. Es war mein erster Gedanke. Und er funktionierte!

Der Narbige taumelte. Beim Hinfallen brüllte er so laut und schrill, dass seine Kumpane verdutzt beiseite sprangen.

Wir nutzten ihre Verwirrung und rannten an ihnen vorbei auf die Straße. Anouk hielt meine Hand fest. Und wir hielten erst an, als wir einen ganzen Straßenzug zwischen uns und die Garküche gebracht hatten.

Keuchend lehnte ich mich an einen Hydranten, der tropfte, und atmete einfach. Ich dachte in diesem Moment wirklich, ich wäre ein Held!

Bis Anouk neben mir würgte und sich auf Knien im Schlamm krümmte.

„Scheiße!", knurrte ich wieder und sah mich um.

Ich hatte keine Ahnung, wo das Hotel war. Es war mitten in der Nacht. Und Anouk musste erneut im Dreck gegen die Sucht ankämpfen. Ich allein war Schuld daran!

Ich kauerte mich zu ihr und strich ihr über den Rücken, bis ihr Würgen aufhörte. Dann fing ich mit den Händen das tropfende Wasser vom Hydranten auf und gab es Anouk zu trinken.

Plötzlich hörte ich die schrille Stimme.

Gehetzt sah ich in die Richtung, aus der die Rufe kamen. Und erkannte eine ganze Meute an zwielichtigen Gestalten, die lärmend die Straße entlang kamen. Ihre Schatten liefen drohend neben ihnen an den Häusern entlang. Sie kamen auf uns zu!

Ich fuhr mit den Händen unter Anouks Körper und versuchte, sie emporzuheben.

Da half mir jemand und packte mit an.

Ich sah auf.

Eine kleine alte Frau griff eben entschlossen nach Anouks Knöcheln. Sie deutete mit dem Kopf auf eine dunkle niedrige Tür und tippelte darauf zu.

Gerade noch rechtzeitig vor der lärmenden Meute verschwanden wir im Haus und verriegelten die Tür von innen. Dann legten wir Anouk auf eine Matte.

Die Schläger zogen vorbei. Wir waren fürs Erste in Sicherheit.

Die alte Frau entzündete ein Licht.

Der Raum war klein und verraucht, die Decke niedrig und es gab kein Fenster. Eine Kochstelle, ein Tisch mit drei Stühlen und eine alte Matratze waren das einzige Inventar.

Anouks Gesicht glänzte. Sie keuchte bei jedem flatternden Atemzug, ihre Gliedmaßen zuckten zu jedem Schatten, den das Licht warf, und sie wimmerte kläglich vor Schmerzen.

„Sie - Gift im Körper", die Alte zeigte auf Anouk und verzog das Gesicht.

Ich nickte nur und hielt still. Was sollte ich schon sagen?

„Nix gut - ich helfen fort damit!", die Frau wartete nicht, bis ich ihr die Erlaubnis gab.

Sie kramte in einer Ecke des niedrigen Raumes. Schließlich kam sie mit einem uralten Topf zurück ins Licht. Ein würziger Duft durchströmte den Raum, als sie dessen Deckel anhob. Sie saugte den Geruch der Kräuter ein und nickte zufrieden.

„Altes Wissen - gut!", murmelte sie. Und setzte mich neben Anouk.

Dort legte sie meine Hand auf Anouks Brust und drückte fest zu. Ich spürte förmlich, wie der Brustkorb schmerzhaft nachgab. Mit den Fingern konnte ich die Knochen unter Anouks zarter Haut ertasten. Ich zuckte zurück, als sie aufstöhnte. Schließlich wollte ich ihr nicht wehtun.

Doch die Alte hielt meine Hand ganz fest.

„Sie - deine Liebe", sie lächelte zwischen ihren Runzeln.

Ich schüttelte den Kopf. Wie sollte ich ihr erklären, dass ich Anouk erst heute Morgen kennengelernt hatte?

„Ja - sie neues Leben!", die Alte nickte unbeirrt.

Sie hieß mich bei Anouk sitzen bleiben, während sie die Kräuter bereitete.

Später flößte sie Anouk einen Sud ein, der gehaltvoll und bitter roch.

Kaum, dass diese die Schale geleert hatte, fiel sie besinnungslos auf die Matte zurück und blieb dort wie leblos liegen.

Die Alte entkleidete nun Anouk und begann, sie mit einem Bündel Fasern abzuschrubben.

Irgendwann hielt sie inne, drückte mir das Bündel in die Hand und zeigte auf Anouk.

„Weiter!", murmelte sie, „kräftig - bis Tag öffnet Seele!"

Sie entzündete eine neue Kerze und schwenkte sie über Anouk hin und her.

„Wenn die Dämonen kommen, entzünde ein Licht!", murmelte sie.

Ungelenk rieb ich währenddessen mit den Fasern über die braune Haut Anouks. Es war, als säße ich neben mir und schaute zu, wie ich sie damit massierte.

Behutsam streckte ich einmal ihren linken Arm und fuhr mit den Fingerspitzen über die runden Einstichnarben in der Beuge.

„Mögen sie für immer verschwinden", flüsterte ich ihr zu, „und aus deinem Leben!"

Es war mir egal, was die Alte darüber dachte. Doch ich hatte bemerkt, dass sie während meiner Worte innehielt mit ihrem Tun. Und nickte.

Bei jedem Kontakt geben die Fasern eine Spur von sich an Anouk weiter. Das Bündel in meiner Hand wurde weicher und dünner mit jedem Zug. Und Anouk erholte sich. Viel schneller als auf dem staubigen Weg!

Als es draußen dämmerte, schlug sie die Augen auf.

Sie richtete sich etwas auf und sah sie sich um.

Erstaunt betrachtete sie zuerst mich, der ich schweißgebadet und mit einem Faserbündel in der Hand neben ihr hockte, und gleich danach ihren nackten Körper. Stumm fragten ihre Augen mich, was passiert sei.

Doch bevor ich ihr antworten konnte, hörte ich die Alte aus der Küche herbeikommen.

„Ich - Xin", stellte sie sich Anouk vor und verbeugte sich leicht, „du - Glück!"

Dann reichte sie ihr ein Schälchen, dem ein frischer süßer Geruch entströmte. Ein neuer, anregender Duft.

„Leben", nickte Xin.

Und ohne zu überlegen, setzte Anouk den Napf an ihre Lippen, trank aus und spürte in sich hinein. Plötzlich lächelte sie.

Xin drückte sie behutsam auf die Matte zurück und deckte sie zu. Prüfend legte sie noch ihre flache Hand auf Anouks Bauch, ehe sie mich fort an den Küchentisch schob.

„Schlaf - gesund!", murmelte sie dabei.

4

Es war bereits Mittag, als Anouk sich zu uns setzte. Sie hatte einfach das Tuch um sich gewickelt, mit dem sie zugedeckt gewesen war. Ihre gebräunten Schultern glänzten seidig matt und die Muskeln darunter spielten mit der gut durchbluteten Haut. Scheu nickte sie der Alten zu und fuhr sich immer wieder über den Körper. Ganz in Gedanken befühlte sie ihre linke Armbeuge, während sie mich ansah.

„Warum tust du das für mich?", streichelte sie mir über die Wange.

Ich hielt ihre Finger und fürchtete mich vor mir selbst. Doch ich setzte mein strahlendstes Lächeln auf danach.

„Das war unsere erste gemeinsame Nacht, Anouk. Ich wünsche mir noch viele mehr mit dir!"

Sie lachte los zwischen den Tränen, die ihr in die Augen schossen und küsste mich auf die Stirn.

Die alte Xin freute sich.

„Liebe groß - gut!", lachte sie, als sie das Essen auf den Tisch stellte, „Liebe und Essen - gut für Anouk, wichtig für Kind von Anouk."

Die Alte schlurfte zurück in die Kochecke.

Anouk erstarrte. „Was?!", schrie sie ungläubig.

„Du schwanger", Xin wandte sich um, „wusstest nicht?"

„Nein!", Anouk schlotterte am ganzen Körper, „Ich - bin - nicht - schwanger!"

„Kind nicht von dir", Xin sah mich traurig an.

„Es ist etwas kompliziert", schüttelte ich den Kopf.

Da blies die Alte lautstark die Luft zwischen den Lippen hervor und stellte den Topf ab, den sie gerade in der Hand gehalten hatte.

Sie schob Anouk neben mich und stellte sich dann vor uns auf. Von jedem von uns nahm sie energisch eine Hand.

„Alles einfach!", Xin duldete keinen Widerspruch mehr und legte unsere Hände ineinander, „Kind braucht Familie. Ihr jetzt Familie!"

Ehe ich richtig begriff, hatte die alte Xin ein Band um unsere Hände geschlungen und uns umarmt. Sie hielt uns gefangen damit. Und sie begann, eine Melodie zu summen.

Wir hielten einfach still und ließen die Schwingung der Töne in unseren Körpern widerhallen.

Anouk atmete bald gleichmäßiger und tief. Ich spürte, dass sie meinen Geruch in sich aufnahm, und sah, dass sie die Augen geschlossen hielt. Es war, als öffne sie sich, um mich anzunehmen.

Auch ich schöpfte neue Kraft aus der alten Melodie. Ich genoss die Berührung Anouks, und wärmte mich an ihrem Lebenswillen, der unerschöpflich schien auf einmal. Alles war wie ein heller Traum, so weich und behaglich, dass er niemals enden durfte.

Als wir wieder zu uns kamen, war Xin verschwunden und das Küchenfeuer längst erloschen. Wir aber kauerten auf der alten Matte und hielten uns fest umschlungen.

5

„Und wenn die alte Xin nun Recht hat?", fragte ich unsicher auf dem Weg zum Bahnhof.

Mir ging das Rätsel nicht aus dem Kopf, warum ausgerechnet ich, der alles verloren hatte und der vor dem Tod davonlief, am entgegengesetzten Ende der Welt eine wunderschöne Frau traf. Eine Frau, die ein Kind erwartete und ebenfalls nach einem Neuanfang suchte.

Ich hatte das Gefühl, als ob ich eine zweite Chance bekäme, ein unersetzlich wertvolles Geschenk. Eines, dass ich unmöglich ausschlagen wollte.

„Du meinst, mit allem?", Anouk war wie ausgewechselt, „Weißt du was? Das wäre schön!"

Das lange schwarze Leinenkleid, das Xin ihr zum Abschied geschenkt hatte, war viel zu weit. Doch Xin hatte geschmunzelt und ihre Hand auf Anouks Bauch gelegt.

„Es - bald passen", hatte sie nur gesagt.

Die beiden hatten sich umarmt und miteinander geflüstert. Und beide hatten glänzende Augen danach.

Mir hatte Xin eine Flasche mit Kräutersud in die Hand gedrückt. Und sie hatte mir den Weg zum Bahnhof gezeigt.

„Familie - gut!", hatte sie zum Abschied gelacht und uns über die Arme gestrichen.

Dann hatte sie schmunzelnd mit den Händen gewedelt. Als ob sie uns wie zudringliche Hühner vertreiben wolle.

Ich mochte ungern fort von ihr, gestand ich mir ein. Die alte Xin hatte ich in mein Herz geschlossen!

Xin hatte uns geraten, besser mit dem Zug an die Küste zu fahren. Die Reise sei viel bequemer als durch die Luft, meinte sie. Unsere Seelen könnten so besser Schritt halten mit dem Körper. Außerdem würden wir das Land dann wirklich erleben.

Ich wollte gern ihrem Ratschlag folgen. Auch Anouk war einverstanden. Also stapften wir los in Richtung Bahnhof.

Mitten am Tag herrschte auf der Straße ein quirliges Durcheinander an Lastwagen, Autos und völlig überladenen Fahrrädern. Auf den Wegen entlang der Fahrbahn boten unzählige Händler ihre Waren an, und Passanten eilten eilig vorüber. Alle schienen äußerst beschäftigt.

Anouk tänzelte auf dem Gehweg vor mir her, wenn sie keinen Platz fand, um neben mir zu laufen. Sobald aber unsere beiden Rucksäcke auf gleicher Höhe Platz hatten, sprang sie neben mich und hakte sich fröhlich bei mir ein.

Ich freute mich, dass sie von dem Dunkel, das sie verfolgte, vieles abgestreift hatte in Xins Haus. Das hier war eine zweite Chance für jeden von uns!

An einer Kreuzung blieben wir einen Augenblick unsicher stehen.

Mit Händen und Füßen versuchte ich herauszubekommen, in welcher Richtung der Bahnhof wohl lag. Anouk sprang da schon auf die Straße und lief los.

„Wir finden ihn schon!", rief sie mir lachend zu.

Ich lächelte in mich hinein. Anouk war fröhlich wie ein kleines Kind, das zum ersten Mal in die Zirkusvorstellung mitdarf.

Gerade wollte ich ihr folgen. Da merkte ich, wie ein Lkw viel zu schnell auf uns zukam. Das Fahrzeug schlingerte, der Fahrer ruderte mit dem Lenkrad hin und her dagegen an - und trotzdem hielt er den Lkw nur mit Mühe auf der Straße. Die Fuhre auf der Ladefläche stapelte sich hoch über das Führerhaus hinaus. Alles schwankte gefährlich und konnte jeden Moment herunterkippen!

„Anouk, lauf!", rief ich erschrocken.

Doch sie hörte mich in all dem Treiben schon nicht mehr.

In aller Seelenruhe wartete sie mitten auf der Fahrbahn, bis eine Gruppe Fahrradfahrer endlich an ihr vorbeigezogen hatte. Doch auch dann ging sie nicht weiter. Denn nun kamen Mopeds herangeknattert.

Der Lkw taumelte immer heftiger und raste auf Anouk zu. Eines der Vorderräder hatte sich von der Achse gelöst und schlackerte unkontrolliert nebenher! Die ganze Fuhre kippte, und ein Teil der Ladung fiel von der Ladefläche herab.

Der Fahrer schrie etwas aus dem Führerhaus heraus. Ganz genau konnte ich seine geschwollene Halsschlagader sehen und die Bewegungen seines Mundes. Schließlich sprang er aus der Fahrerkabine heraus und rollte über die Fahrbahn.

Mein Herz klopfte panisch bis zum Hals. Mit einem Mal war es wieder Winter für mich. Die Sonne versteckte sich hinter schwarzen Wolken, weihnachtliche Musik spielte - und der Lkw raste mitten hinein in die Leiber!

„Anouk!!", schrie ich, und meine Seele flehte mit mir.

Anouk hörte mich nicht. Von der Straßenmitte aus sah sie dem Trubel auf der Gegenfahrbahn zu.

Ich rannte los. Mir war völlig egal, was mit mir passieren würde. Aber Anouk musste dort weg!

Der Lastwagen streifte meinen Rucksack. Ich wurde herumgeworfen und taumelte. Ich prallte mit solcher Wucht gegen Anouk, dass ich uns beide umriss.

Ich schlug mit dem Kopf auf der Fahrbahn auf, und für einen langen Atemzug war es finster um mich wie in der längsten Nacht. Es polterte und quietschte um mich herum, Rufe erschallten und Flüche. Und dann war alles still. Das Einzige, was ich hörte, war mein Keuchen. Benommen sah ich auf.

Die knatternden Mopeds auf der Gegenspur hatten angehalten. Ihre Fahrer schauten verunsichert zu uns herüber.

Anouk lag bäuchlings ausgestreckt neben dem umgekippten Lastwagen. Reglos. Ein Teil der Ladung, loses Gemüse, war über sie hinweggefallen. Auf der ganzen Straße türmte sich die Fuhre.

Mir wurde speiübel und meine Beine knickten ein, als ich mich empor stemmte. Dreimal landete ich wie ein weggeworfener Sack wieder auf dem Boden, ehe ich in die Hocke kam. In Zeitlupe richtete ich mich auf und wankte zu Anouk.

Ein roter Fleck quoll unter ihrer Brust hervor.

Tränen schossen mir in die Augen.

„Nichts mit zweiter Chance!", fauchte ich und setzte mich zu ihr.

Langsam streichelte ich ihr über die Schulter, immer wieder. Ich wollte niemals aufhören damit.

„Was?", stammelte sie plötzlich und zuckte.

Überrascht hielt ich meine Hand über ihr in der Schwebe. Sie bewegte sich! Sie lebte!

Ich half ihr, sich aufzurichten. Sie schien benommen, doch gesund. Sie lachte sogar, als sie die zerquetschte Tomate von ihrem Kleid abwischte. Alles fiel zu dem roten Fleck auf der Fahrbahn.

„Schon wieder alles schmutzig!", rief sie und zuckte entschuldigend mit ihren Schultern.

Aber sie lachte dabei. Und das war das Wichtigste!

Dann sackte ich zusammen.

Wie in Trance spürte ich, dass Anouk mich von der Straße führte. Sie hatte eine Ecke gefunden in dem ganzen Gewühl, wo wir uns setzen konnten.

Ich ließ sie alles mit mir machen. Hauptsache ausruhen. Wie durch einen Vorhang beobachtete ich, dass sie die Rucksäcke herbeischleppte und sich neben mich setzte.

„Was ist passiert?", fragte sie nach einer Weile besorgt.

Ich schluckte und schwieg. Sie hatte selbst genug Probleme. Da wollte ich sie nicht auch noch mit meinen belästigen.

„Hey, wenn wir zusammen bleiben, will ich wissen, was mit dir ist. Ich habe dich auch nicht gerade geschont!", sagte sie betont lässig.

Doch ich wusste, dass sie unsicher war. Ihr Blick verriet sie.

„Also gut", stammelte ich nach einer viel zu langen Pause.

Dann erzählte ich ihr alles.

Zuerst fand ich meine eigenen Worte fremd und kalt. Ich dachte, es wäre zu hart, wenn ich ihr erklärte, dass ich alles, was ich geliebt habe vor ihr, verloren hatte. Dass ich sie nur getroffen hatte, weil ich vor mir selber davonlief. Konnte sie mir denn nach solchen Worten überhaupt glauben, dass ich sie längst liebte - nach einem Tag schon?

Aber es ging besser, je weiter ich kam. Ich fühlte mich freier, je mehr ich ihr anvertraute. Und schließlich erzählte ich einfach, ohne über die Folgen zu grübeln.

Die passenden Worte kamen wie von selbst. Es schien, als hätten sie auf diesen Augenblick gewartet. Es war befreiend, als ich zum Schluss alle von ihnen verbraucht hatte.

Ich spürte so viel Weite in meiner Brust, dass Anouk, wenn sie es nur wollte, dort einen sicheren Platz finden würde und auch ihr Kind, das unseres werden könnte!

Doch ich sah Anouk gar nicht mehr, als ich mich umblickte. Da begriff ich, dass ich geheult hatte wie ein Schlosshund. Ich hatte mit meinen Tränen eine Kruste aufgeweicht, die mich beschwert hatte die ganze Zeit über. Vielleicht war ich ohne sie meinem wahren Ich ein kleines Stück näher gekommen.

Es fühlte sich jedenfalls gut an in diesem Augenblick, dass Anouk sich einfach an mich lehnte und gemeinsam mit mir schwieg.

6

Der Zug fuhr an.

„Jetzt geht es Richtung Küste!", Anouk lehnte sich weit aus dem Fenster und genoss die Sonne.

Ich verstaute unsere Rucksäcke und stellte mich zu ihr ans Fenster. Wir hatten das ganze Abteil für uns allein. Es würde eine herrliche Reise werden!

Die alte Dampflok fauchte und schnaufte, als sie mühsam zur Fahrt durch die Ausläufer der Stadt ansetzte.

„Stell dir vor: Sie ist über hundert Jahre alt!", Anouk warf sich mit Schwung in den durchgesessenen Sitz.

Ich lachte.

„Wer behauptet das denn?!", lästerte ich, und setzte mich ihr gegenüber.

Ich wusste ja, dass der Schaffner es gesagt hatte. Doch ich genoss es, Anouk so fröhlich zu sehen. Und wenn sie sprach mit ihrer vollen Stimme, aus der das Kratzen langsam verschwand, staunte ich immer mehr, dass sie sich mit einem Typen wie mir abgab, und wollte immer noch mehr von ihr hören.

Ihr mussten ähnliche Gedanken in Bezug auf mich durch den Kopf gehen. Immer wieder zwischendurch sah sie träumerisch zu mir, und ihre Augen glänzten verzaubert!

Wir genossen die holprige Reise durch das Land. Uns störte die Hitze nicht, die auch die zügige Fahrt nicht besänftigen konnte. Das Fenster in unserem Abteil hatten wir weit geöffnet und die kurzen Gardinen flatterten wie Fahnen in der Sonne.

Anouk konnte nicht lange still sitzen. Einmal sprang sie sogar auf und tanzte. Nur für mich. Sie sang dazu ein Lied aus ihrer Heimat. Ich verstand kein Wort.

Für mich aber sang sie von hohen Bergen und breiten mächtigen Flüssen, von Paprikafeldern, die bis an den Horizont reichten, und Männern, die ihre Pferde noch nach der alten Art hüteten. Und plötzlich hörte sie auf damit und setzte sich still auf ihren Platz.

„Du hast Heimweh, stimmts?", beugte ich mich vor.

„Woher weißt du?", zunächst sah sie erstaunt drein.

Doch plötzlich freute sie sich und kam zu mir herüber.

„Du spürst das, oder?", sie sprach ganz leise und kuschelte sich an mich. „Wo ich aufgewachsen bin, gab es keine große weite Welt. Alles im Dorf war heil. Ich hatte Gerüchte gehört über die Wunder da draußen. Aber gesehen hatte ich sie nicht!"

Sie sah mich an.

„Also bin ich zu Hause abgehauen. Wollte mit eigenen Augen sehen, ob meine Träume stimmten", sie stand auf und schaute den Horizont an. „Die weite Welt hat mich gefickt. Es hat verdammt weh getan!"

Sie setzte sich wieder neben mich.

„Aber in das kleine Dorf zurück kann ich auch nicht mehr. Ich bin nicht mehr heil", sie rückte von mir ab. „Willst du wirklich mit einer wie mir zusammen sein? Vielleicht schaffe ich es nicht einmal mit dem Entzug!"

Ich summte die Melodie der alten Xin. Ich hatte schon befürchtet, dass ich die Töne vergessen hätte. Doch jetzt kamen sie mir gerade recht!

In dieser Nacht kämpfte Anouk wieder um ihr Leben. Xins Kräutersud half ihr, wenn alles aussichtslos erschien. Die beiden schlugen sich gut!

Ich hatte Frühstück besorgt am Morgen, und als Anouk erwachte, machte sie sich wie ein hungriger Wolf darüber her.

Es würde noch eine Woche bis zum Ziel dauern. In sieben Tagen konnten wir im Meer baden!

„Bis dahin will ich clean sein!", Anouk war guter Dinge und holte immer häufiger das Blumenkleid hervor.

Tagsüber ging es ihr gut. Nur in der Nacht kamen ihre Dämonen. Anouk sagte, sie zögen sich zurück. Ich vertraute ihr.

Bis zum vorletzten Tag unserer Reise.

7

Anouk hatte nach dem Frühstück das Abteil verlassen und kehrte lange nicht zurück.

Ich hatte die Zeit mit Lesen verbracht. Doch nun war es bereits Mittag. Also ging ich sie suchen. Irgendwo im Zug musste sie ja stecken!

Da Anouk sich schon recht gut mit den Einheimischen verständigen konnte, viel besser als ich, saß sie ganz sicher mit anderen Reisenden zusammen und unterhielt sich mit ihnen.

Besonders mit den Kindern kam sie gut zurecht. Die Knirpse umschwärmten sie und folgten ihr überallhin im Zug!

Und ihre Mütter bedankten sich bei Anouk für die kleinen Momente, die sie so für sich selbst gewannen, mit Kleinigkeiten und Süßem. Aber sie schenkten auch etwas, das Anouk sehr viel bedeutete. Sie vertrauten ihr.

„Zum allerersten Mal in meinem Leben sind die Menschen glücklich in meiner Nähe", hatte sie gestern Morgen zu mir gesagt, als sie erwachte nach ihrem Kampf. „Sie vertrauen mir und glauben an mich. Du tust es, die Kinder - und ihre Mütter. Was habe ich vorher nur falsch gemacht?"

Unsicher hatte sie mich angesehen.

„Du wolltest jemand anderes sein damals. Und nun wirst du wieder zu dir", ich hatte das gesagt, ohne nachzudenken.

Das Gefühl für diese Worte war einfach da. Und ich hatte mir angewöhnt, Anouk alles zu sagen, was ich fühlte.

Sie hatte den Kopf geschüttelt.

„Ich war niemals auf der Suche nach mir. Ich war immer ich selbst. Und trotzdem fehlte etwas und lockte mich hinaus in die weite Welt. Es war wie eine Aufgabe, die ich zu lösen hatte. Jetzt fühle ich, dass ich meinem Ziel sehr nahe bin. Aber ich spüre auch Schmerz und Angst in mir!", unsicher hatte sie aus dem Fenster gesehen und kein Wort mehr gesagt.

Ich hatte sie betrachtet und ebenfalls geschwiegen. Anouk war so verletzlich und zart - und gleichzeitig mutig und voller Kraft. Sie wusste nur noch nichts von ihrer Stärke.

Im letzten Wagen sah ich sie dann. Halb stand sie im Gang, und halb lehnte sie sich in das Abteil. In diesem Augenblick holte sie einen Geldschein aus ihrem Kleid und legte ihn in die Hand eines Unbekannten. Sie erhielt dafür ein Päckchen von ihm.

Ich erschrak.

Das Päckchen sah genauso aus wie jenes, in dem Anouk das Drogenbesteck aufbewahrt hatte. Sie hatte es auf dem staubigen Weg an unserem ersten gemeinsamen Tag fortgeworfen! Wollte sie jetzt, so kurz vor dem Ziel, wieder damit anfangen?

Sie warf einen kurzen Blick in das Päckchen und schloss es schnell wieder. Dann versteckte sie es in ihrem weiten Kleid, verabschiedete sich von dem Unbekannten und ging fort.

Gelähmt sah ich ihr nach. Deutlich hatte ich in dem Kasten eine Spritze gesehen!

Ich spürte, wie die Wut in mir hochkam. Mit geballten Fäusten hämmerte ich gegen die Wagentür, bis mich der Schmerz in den Händen wieder weckte.

Hatte Anouk den Kampf gegen die Sucht etwa längst aufgegeben und spielte mir etwas vor? Die nächtlichen Dämonen zogen sich womöglich gar nicht zurück, sondern hatten längst gewonnen! Warum warf Anouk sich wieder fort, kaum, dass sie sich wiedergefunden hatte?

Ich musste ihr egal sein! Es gab keine andere Antwort. Sie benutzte mich nur. Es war bequem für sie, mit mir zu reisen. Am Ende würde sie mich verlassen.

Enttäuschung breitete sich in mir aus. Solche, die einen Kloß hinterlässt im Hals, einen sperrigen trockenen Brocken, der nicht so ohne Weiteres runterzuschlucken ist. Einer, der schmerzt und auf der Brust liegt wie eine scheußliche Last.

Der fliegende Händler, der den Wagen betrat, kam mir gerade Recht. Von Abteil zu Abteil zog er mit seiner Kiepe voller Waren, und bot feil davon.

Als er bei mir anlangte, kaufte ich eine große Flasche Schnaps bei ihm.

'Morgen früh habe ich Kopfschmerzen!', grinste ich gehässig, als ich den ersten großen Schluck in mich hineinschüttete.

„Und hoffentlich habe ich dann alles wieder vergessen!", verzog ich das Gesicht.

Der Schnaps schmeckte widerlich!

Trotzdem hatte ich die Flasche schnell geleert. Ich spürte, wie der Alkohol durch meine Adern raste, fühlte, wie weich auf einmal der Boden federte.

Anouk war jetzt nur noch ein Schatten, der durch das offene Fenster hinaus in die weite Welt gezogen wurde. Sollte sie doch jemand anderen umgarnen! Ich war wieder frei.

„Frei!", grölte ich dem Horizont zu und scherte mich nicht um die Blicke der Reisenden. Schwankend ging ich zurück zu unserem Abteil.

„Unser Abteil!", kicherte ich, als ich vor der Tür stand.

Es würde ab hier wieder 'mein Abteil' heißen, beschloss ich und drückte ungeschickt die Tür auf.

Anouk saß in ihrem Sitz. Ein kleines Mädchen lag mit entblößtem Oberkörper auf ihrem Schoß und keuchte stoßweise.

Die Mutter, die gegenüber Platz genommen hatte, sprang bei meinem Erscheinen auf und wollte das Kind bedecken.

Ich wich zurück auf den Gang und schob die Abteiltür halb zu.

Anouk blickte kurz auf und runzelte ihre Stirn. Doch als sei nichts gewesen, wandte sie sich wieder der Mutter des Kindes zu.

„Es wird ihr bald besser gehen, jetzt, wo sie die Medizin bekommen hat", versicherte sie.

Sie legte die Spritze in das hölzerne Kästchen zurück, dass sie heute Mittag bei dem Unbekannten gekauft hatte.

„Ich werde alles wieder zurückbringen!", schloss sie das Kästchen. „Und kümmert euch nicht um das Geld. Es ist alles bezahlt!"

Die Frau erhob sich und nahm ihr Kind vorsichtig auf den Arm. Und als Anouk ihr die Tür zum Gang ganz aufschob, um sie hinaus zu lassen, küsste sie Anouk auf die Stirn. Dann ging sie an mir vorbei und war fort.

Ich stand da wie vom Blitz getroffen. Was war ich bescheuert!

Anouk zog mich ins Abteil hinein und schloss die Tür hinter mir.

„Was ist los?", fragte sie und grinste mich an.

Sie fand das Ganze witzig. Sie lachte mich auch nicht an - sie lachte mich aus!

Ich war verdutzt.

„Du meinst also, wenn ich clean werde, kannst du ruhig mit Trinken anfangen!?", sich stemmte ihre Arme in die Seiten. „Ist das deine Vorstellung vom Glück - dass wir immer irgendein Problem haben?"

Ich merkte, wie sie sauer wurde. Beschwichtigend hob ich beide Hände, als ergäbe ich mich. Mit Worten war es gerade sehr schlecht bei mir. Zu dem Schwindel vom Alkohol hatte sich noch etwas anderes gesellt. Es war ein Drehen, das schneller wurde, wenn ich Anouk ansah.

Sie hatte in allem Recht! Ich musste ihr erklären, was passiert war. Auch wenn ich mich damit als selbstsüchtiges Arschloch entlarvte.

Ich legte also meinen Zeigefinger auf ihre Lippen. Tatsächlich gehorchte sie und schwieg. Sie stand reglos da und wartete.

„Ich habe dich gesucht - heute Mittag. Und dann sah ich, wie du dieses Kistchen mit der Spritze gekauft hast, bei einem Unbekannten. Und wie du es versteckt hast", ich rollte mit den Augen.

„Ich habe gedacht, du nimmst heimlich wieder Drogen!", meine Schultern sackten schlaff herab, alle Luft war raus, „ich war wütend. Und sauer. Da hab ich mir eine Flasche Schnaps gekauft."

Ich war mir sicher, dass ich in diesem Moment alles zerstört hatte, was ein so herrlicher Traum gewesen war in den letzten Tagen.

Anouk stand stumm vor mir. Sie machte keinerlei Anstalten, mich zu umarmen oder auf mich zuzukommen. Ich spürte regelrecht, wie sie sich verkrampfte.

„Verzeih, ich ...", wollte ich nachlegen.

Doch da traf mich schon ihre schallende Ohrfeige.

Ihre Augen füllten sich mit Tränen und ihre Fäuste hämmerten gegen meine Brust, wieder und wieder. Es tat nicht einmal weh. Was in mein Herz stach wie ein scharfes Messer, waren ihre tränenverschmierten Augen. Ich las Enttäuschung darin. Und hatte keine Hoffnung mehr.

Nicht ein Wort fiel mehr an diesem Abend zwischen uns. Jeder saß auf seinem Sitz, keiner sah den anderen mehr an.

Irgendwann schlief ich ein. Der Alkohol forderte seinen Preis.

Der Traum, den ich träumte, war wirr und blutig. Immer wieder grinste mich der Tod auf dem Weihnachtsmarkt an, ehe er die Frau und den Sohn von meiner Seite riss. Ihre Schreie verfolgten mich. Waren sie endlich verstummt, lagen ihre blutverschmierten Gesichter kalt auf den Bahren, und mit ihren starren Augen durchbohrten sie mein Herz.

8

Als ich in der Nacht erwachte, war Anouk fort. Ich sprang auf und rannte auf den Gang hinaus. Unmöglich konnte ich mitten in der Nacht laut nach ihr rufen und alle Reisenden im Zug wecken! Doch ich musste sie finden, ehe die Dämonen sie angriffen.

Die Dämonen! Ich suchte die Flasche von Xin. Anouk hatte sie nicht mitgenommen!

„Verdammt!", schalt ich mich selbst.

Ich ging danach von einem Wagen zum nächsten. Der Reihe nach lauschte ich nach etwas, das mir Anouks Anwesenheit verriet. Doch ich hörte nichts.

Bis ich auf dem Gang an einer Toilette vorüberging, die zu nachtschlafender Zeit von innen verriegelt war. Ich blieb stehen und lauschte.

Da hörte ich sie.

Sie wimmerte leise und zuckte vor Schmerzen. Ich konnte hören, wie sie dabei gegen die Wände des engen Raumes stieß.

„Anouk?", flüsterte ich gegen die Holztür.

Das Wimmern hörte auf.

„Geh weg!", fauchte sie und knirschte mit den Zähnen.

Immer, wenn sie so gepresst sprach, hatte sie höllische Schmerzen!

„Anouk, bitte, mach die Tür auf!", flehte ich.

„Hau ab!", fauchte sie erneut.

Jetzt hörte ich ihren stoßweisen Atem. Immer tiefer aus ihrem Innern kamen die Atemstöße, immer schneller. Die Dämonen waren auf dem Vormarsch.

Die Flasche!

„Anouk, ich will dir nur Xins Kräuter geben", sagte ich, „sie werden dir helfen. Dann werde ich für immer verschwinden."

Ich erschrak vor meinen letzten Worten. Sie waren nicht wahr!

„Verzeih mir Anouk, ich kann nicht fortgehen von dir! Ich habe dich verletzt, ja, und ich habe dir nicht genug vertraut. Das war ein Fehler. Gib mir eine Chance, mit dir glücklich zu werden. Lass mich dir helfen!", ich hatte mein Ohr an die Tür gelegt, wollte kein Wort von ihr überhören.

Auf der anderen Seite blieb es mucksmäuschenstill. Selbst die Dämonen lauschten neugierig darauf, wie es weitergehen würde. Ich sah sie förmlich grinsen und die Messer wetzen für den finalen Angriff. Ich hatte Anouk geschwächt.

Der Türriegel bewegte sich. Leise und unsicher. Wie die Hand, die ihn zur Seite schob.

Und dann stand sie vor mir. Anouk. Nur mit Mühe hielt sie sich auf den Beinen. Ihr Gesicht war aschfahl und klebrig vom Schweiß. Die Ringe unter ihren Augen tief und dunkel. Und sie zitterte noch immer am ganzen Leib.

Trotzdem sah sie mich mit klaren Augen an und lehnte Xins Kräuter ab.

„Ich habe dir vertraut. Wieso hast du es nicht?", wollte sie leise wissen.

Auf einmal wusste ich die Antwort.

„Weil ich Angst um dich hatte!"

Sie lächelte endlich wieder.

„Und jetzt hast du keine mehr?"

Ich zeigte auf die Flasche von Xin

„Du hast es heute ohne die Kräuter geschafft. Du bist viel stärker, als ich dachte."

Fern am Horizont tobte ein Unwetter über den Dörfern. Es reinigte die Luft.

9

Am letzten Morgen der Zugfahrt rochen wir zum ersten Mal das Meer. Die Reisfelder entlang der Schienen verrieten nicht, dass die Küste nahe war.

Nur der Himmel, blau und ohne Wolken heute, sah bereits die Wellen an die Küste branden.

„Es ist schön hier!", Anouk sog den Duft der Landschaft ein.

Sie steckte mich an damit. Auch ich roch jetzt die belebenden Düfte der wilden Kräuter auf den Wiesen, der sich mit dem Geruch der Tiere mischte. In den geflochtenen Hütten der Bauern hingen bauchige Töpfe über den offenen Feuern. Sicher kochte darin wohlschmeckendes Essen!

Und endlich, als weit voraus die ersten gemauerten Stadthäuser auftauchten, schmeckte ich das Salz des Meeres, das in der Luft hing. Wir hatten die Küste erreicht. Und unser Ziel.

Anouk wuchtete ihren Rucksack von der Ablage herab. Deutlich wölbte sich ihr Bauch dabei hervor. Es war mir nie so aufgefallen, dass er schon so rund war!

„Soll ich ihn tragen?", ich wusste nicht recht, ob es noch gut für sie war, das schwere Gewicht auf ihren Schultern.

Für einen kurzen Moment hielt sie inne. Dann schüttelte sie entschlossen den Kopf.

„Ach was, es ist noch lange hin!", zeigte sie auf ihren Bauch.

Gemeinsam mit den übrigen Reisenden stiegen wir aus dem Zug. Nachdem der Wasserkessel aufgefüllt und der Kohlevorrat auf dem Tender aufgestockt waren, würde er die lange Fahrt zurück in Xins Stadt antreten.

Wir schlenderten bis vor den Bahnhof und sahen uns um. Zwar hatten wir uns diesen Ort als Ziel unserer Reise ausgesucht. Doch wir beide wussten gar nichts über das Leben hier. Es war ein kompletter Neubeginn.

Die Frauen der Gruppe, die sich auf dem Bahnhofsvorplatz eingefunden hatte, redeten aufgeregt durcheinander. Ihre bunten Gewänder leuchteten kräftig in der Sonne und flatterten im Wind. Unter ihnen war auch die junge Mutter, deren Kind Anouk im Zug behandelt hatte.

Sie kam plötzlich auf uns zu, ihr Mädchen an der Hand, während die Übrigen abwarteten und zu uns herübersahen. Nachdem sie einen Knicks vollführt hatte, wandte sie sich an Anouk.

„Unsere Männer sind nicht gekommen!", sie klang verzweifelt, „und in der Stadt gibt es keine Bleibe für uns. Die Kinder sind zu klein, um den weiten Weg in unser Dorf zu Fuß zu schaffen!"

Ich sah hinüber zu der Gruppe, bei der die müden Kinder hockten. Es waren dieselben, die im Zug um Anouk herum geschwirrt waren wie um einen Topf mit süßem Honig.

Ich überlegte.

„Was, wenn wir einen Karren besorgten und die Kinder und das Gepäck darauf verstauten?", schlug ich Anouk vor, „wir Erwachsenen könnten uns beim Schieben abwechseln!"

Anouk freute sich über meinen Einfall.

Ich hörte zu, wie sie sich mit der Frau besprach. Dabei hörte ich heraus, dass diese uns beide einlud, mit in ihr Heimatdorf zu kommen.

„Wenn wir wollen, können wir bei ihnen fürs Erste wohnen!", Anouk strahlte vor Dankbarkeit. „Was meinst du?"

Die Frau wartete höflich auf meine Antwort.

„Ja, warum nicht?", ich lächelte die Frau freundlich an.

Es war mir peinlich. Sie hatte gestern bestimmt nicht den besten Eindruck von mir gewonnen. Trotzdem war sie so großzügig. Doch sie schien das Gestrige bereits vergessen zu haben.

Anouk nickte fröhlich und bedankte sich.

Die Frau rief etwas zu ihren Gefährtinnen hinüber. Sofort kamen die Kinder angerannt und zogen Anouk lachend mit sich fort.

Ich trabte einfach hinterher. Jetzt mussten wir noch einen geeigneten Karren finden.

Wir bekamen einen. Er war geräumig genug, um die Kinder und das Gepäck aufzunehmen. Trotzdem schien er leicht genug, um ihn über eine lange Strecke schieben zu können.

Ich zahlte dem Verkäufer das Geld, das er einforderte. Meine Reisekasse war nun leer.

Auf der festgefahrenen Straße in der Stadt ließ der Karren sich leicht voranbringen. Trotz der schweren Säcke und unförmigen Körbe, die die Frauen aufgeladen hatten. Durch die Bewegung des Karrens entströmte ihnen ein würziger Duft, der meinen Appetit weckte.

Ich fragte die junge Frau neben mir, die uns eingeladen hatte.

„Diese Dinge brauchen wir im Dorf, wenn die Erde schläft", sagte sie mir und verriet mir bei der Gelegenheit ihren Namen.

Sie hieß Safira, ihre Tochter nannte sie Raja.

„Raja geht es schon viel besser!", freute sie sich, „deine Frau weiß wirklich am besten, wie man Spritzen setzt. Man sieht es kaum!"

Gleich hinter der Stadt wurde der Sand auf den Wegen lockerer von den unzähligen Hufen der Lasttiere. Und es kostete einige Schlenker, ehe wir das Gefährt sicher in der Spur hielten. Trotzdem schliefen die Kleinsten auf den Gepäckstücken bald ein. Von den Frauen setzte sich immer eine zu ihnen und stimmte Lieder mit ihnen an, wenn sie unruhig wurden.

Die Melodien, die sie sangen, erinnerten mich an die alte Xin.

Was sie wohl gerade tat? Wahrscheinlich half sie nun dem nächsten Reisenden mit ihren Zauberkräutern!

Ich musste lächeln, wenn ich an unsere Begegnung dachte.

Bei der ersten Rast teilten die Frauen ihren Proviant mit uns.

Anouk, sofort von den Kindern umringt, kostete von allem, was sie ihr darboten. Das meiste aber, das sah ich genau, gab sie heimlich an die Kleinen weiter.

Sie zwinkerte mir zu, als ich es entdeckte.

„Warum haben euch die Männer nicht abgeholt?", fragte ich in die Runde.

„Gestern schlugen Blitze ein, wo unser Dorf steht", flüsterte Safira unerwartet besorgt, „und gedonnert hat es fürchterlich! Wir ..."

„Wir wissen es nicht", fiel ihr eine ältere Frau ins Wort, „aber wir sind in Sorge! Viele sterben, wenn die Götter zornig sind. Sie reißen Bäume um und schlagen auf unsere Häuser ein. Oder sie verwandeln die Pfade unversehens in schlammige Flüsse, in denen wir ertrinken. Es ist nicht gut, ohne Schutz zu sein!"

„Letzte Nacht war es wohl so", Safira zog Raja enger an sich.

In der Runde entstand Gemurmel. Unruhe machte sich breit. Die Frauen begannen zu beten.

Ich hatte das Gefühl, etwas angesprochen zu haben, das ich nicht hätte fragen dürfen.

Anouk suchte prüfend den Himmel ab.

„Gib das Signal zum Aufbruch", flüsterte sie mir zu, „wir müssen weiter!"

„Warum?", ich war unsicher.

„Du bist der Mann hier!", sie lehnte sich noch weiter zu mir herüber, „und ein Gewitter zieht auf."

Ich stand auf und das Gebet der Frauen endete. Ohne dass ich etwas sagen musste, packten sie das Essen wieder auf den Karren, hoben die kleinen Kinder hinauf, und wir schoben an.

10

Der Weg ging immer steiler bergauf. An manchen Stellen war der Pfad so zugewachsen, dass wir es nur mit Mühe schafften, den schwer beladenen Karren durch das Gestrüpp hindurchzuziehen.

Mir brach der Schweiß aus. Insekten umschwirrten mich. Überall dort, wo ich sie nicht schnell genug mit der Hand vertrieb, stachen sie. Und jeden ihrer Treffer quittierte mein Körper mit schrecklichem Jucken. Wie gern wäre ich jetzt ins Meer gesprungen!

Nach einer Stunde Plackerei bergauf erreichten wir den Gipfel und verschnauften erneut.

„Ab hier geht es bergab!", rief Safira mir erleichtert zu und ging voraus, als wir wieder loszogen.

Fröhlich winkte sie zuvor noch Raja zu. Doch ihre Erschöpfung war ihr anzumerken!

„Hoffentlich passiert nichts!", raunte ich Anouk zu, denn der Weg fiel immer steiler ab.

Und es begann zu regnen.

Gemeinsam mit zwei weiteren Frauen aus dem Dorf stemmten wir uns mit dem Rücken gegen den glitschigen Karren, der immer schneller ins Tal hinab wollte. Für mehr Helfer war kein Platz vor dem Gefährt. An dessen Rückseite aber bremsten die Übrigen mit aller Kraft.

Irgendwann ging es trotzdem nicht mehr.

Wir konnten uns kaum noch auf den Beinen halten, so erschöpft waren wir, der Weg hatte sich in eine einzige schlammige Lache verwandelt, und zu den Strömen aus Regen kam nun noch ein stürmisches

Unwetter. Immer lauter prasselten die dicken Regentropfen auf die Blätter der Bäume. Vereinzelt hagelte es sogar.

„Wir müssen einen Unterschlupf finden!", rief ich Anouk zu, „schnell!"

Wie zur Warnung schlug ein Blitz auf dem Weg ein, dem krachender Donner folgte.

Die Kinder kreischten verängstigt und duckten sich zwischen das Gepäck und die Vorräte. Die Frauen klammerten sich verzweifelt an den Karren und hielten ihn auf dem Weg.

„Lasst den Karren! Sucht Schutz neben dem Weg!", rief ich ihnen allen zu.

Doch sie blieben, wo sie waren.

„Was ist los mit euch?", ich brüllte regelrecht gegen den beginnenden Sturm an.

„Es sind unsere Vorräte für den ganzen Winter!", schrie Safira zurück zu mir, „wenn sie fort sind, werden wir Hunger haben!"

Erneut erhellte ein greller Blitz gespenstisch den Weg. Doch selbst der Donner gleich danach hielt Safira nicht davon ab, beim Karren zu bleiben.

Sie hatte sich mit einem dicken Seil selbst an den Karren gebunden. Lieber würde sie sterben, als die Vorräte im Stich zu lassen.

Ich musste etwas tun. Und zwar schnell.

Unter ihren schreckgeweiteten Blicken löste ich das Seil, das sie an den Karren fesselte. Sie wehrte sich zwar gegen mich, doch ich war stärker.

Mit aller Kraft hielt ich den Karren mit dem Seil fest, während ich auf die Kinder zeigte.

„Hol sie da runter! Verkriecht euch neben dem Weg!"

Während die Kinder unter den Büschen verschwanden, hatten die Frauen, meinem Beispiel folgend, Seile an den Karren gebunden. Mit vereinten Kräften schafften wir es, ihn quer zum Weg zu zerren. Nun konnte er nicht mehr fortrollen.

Wir ließen uns einfach ins Gras fallen und atmeten auf. Klitschnass waren wir sowieso, alle, bis auf die Haut.

„Zumindest - plagen uns - keine Insekten mehr!", lästerte ich keuchend.

Anouk lachte hell. Sie rief die Kinder zu sich und begann, ihnen Xins alte Melodie vorzusummen.

Safira setzte sich neben sie und hörte ergriffen zu.

Doch plötzlich brachen die Töne ab.

„Eine Schlammlawine!", sprang Anouk auf.

Aufgeregt zeigte sie den Hang hinauf, von dem wir herunter gekommen waren.

Erst erkannte ich nichts Ungewöhnliches. Ich sah den Weg in der Dämmerung, und die dunklen Schatten der Bäume, die ihn fleckig färbten. Aber dann sah ich es auch: Der Pfad bewegte sich! Ein Fluss aus Schlamm fegte ihn entlang, direkt auf den Karren zu! Er musste hier hindurch.

Die Vorräte! Ich sprang auf den Karren hinauf und winkte die Frauen zu mir.

„Tragt sie hinüber auf den Hügel dort!", rief ich ihnen zu, während ich ihnen die Säcke und Körbe herunterreichte.

Anouk schickte ich zu den Kindern.

„Bring sie ebenfalls dorthin. Halte sie zusammen!", ich ergriff für einen Moment ihre Hand, „und beruhige sie, wenn es losgeht!"

Die Frauen brachten die Vorräte in Sicherheit, während ich alles, was wir noch gebrauchen konnten, aus dem Karren nahm und so weit wie möglich neben den Weg warf. Dann sprang ich ab und rannte zu den anderen.

Es war keinen Augenblick zu früh! Fauchend und glucksend rollte die Schlammwelle auf den Karren zu. Sie führte eine große Menge an Ästen und Gras mit sich.

Mir war unheimlich zumute, als der zähe Brei im Dämmerlicht wuchtig gegen den Karren stieß. Es war wie in Berlin.

Vor meinem Albtraum konnte ich wohl nicht davonlaufen. Er würde mich so lange verfolgen, wie ich ihn nährte. Ich zitterte am ganzen Körper, als ich das begriff.

Ohne innezuhalten, umspülte der Schlamm währenddessen das Gefährt und schob es mit Leichtigkeit hinunter ins Tal. Es war für ihn nur ein weiteres Spielzeug auf dem Weg hinab.

Ich hörte, wie er es tief unten im Tal zerbrach. Ab hier mussten wir alles selber tragen.

Nasse Finger wischten den Schmutz von meiner Wange. Zuerst dachte ich, es seien Anouks, und ich griff nach der Hand. Doch es war Safira, die mich berührte.

„Heute waren wir nicht ohne Schutz!", flüsterte sie.

Eine Weile warteten wir noch auf dem Hügel neben dem Weg, bis alles ruhiger wurde und der Regen geendet hatte. Dann luden wir uns die Vorräte auf die Rücken und stolperten durch die Dunkelheit.

Eine der älteren Frauen ging voraus. Sie wusste die Richtung und schirmte ein flackerndes Licht, dem wir Übrigen folgen konnten. Auch Anouk bekam eins in die Hand.

„Licht ist gut für Kinderseelen!", lächelte Safira sie an.

Und Anouk trug es feierlich und sang für die Kinder die Lieder aus ihrer Heimat.

11

Das Dorf erreichten wir tief in der Nacht. Es war völlig zerstört. Eine einzige Hütte stand aufrecht, der Rest lag verwüstet am Boden.

Das Unwetter hatte zudem einen Teil des Hanges, auf dem es erbaut war, fortgespült. Ein heller senkrechter Streifen aus nackter Erde glänzte so im Mondlicht. Der Berg zeigte ein erstes Mal sein Inneres.

Dort, wo der Strand sein musste, hörte ich das Meer rauschen. Ich roch seinen frischen salzigen Duft, der im aufkommenden Wind herüberwehte, und es weitete mir das Herz. Doch ich sah es nicht.

Da draußen gab es kein einziges Licht, nur Schwarz. Eine endlose Weite. Doch ich verspürte keine Furcht vor dieser Endlosigkeit. Es war eine schmerzende Sehnsucht, die mich plötzlich befiel.

Die Männer hatten sich längst erhoben, als wir aus dem Wald heraustraten. Sie warteten vor dem großen Feuer, das sie entzündet hatten. Als sie ihre Frauen und Kinder erkannten, liefen sie uns entgegen und begrüßten alle.

Ich musste lächeln, als ich mir vorstellte, wie Anouks Gesang in der Dunkelheit auf sie gewirkt haben musste.

Wir stellten die Vorräte ab und setzten uns alle ans Feuer.

Aus dem bauchigen Topf, der überm Feuer hing, duftete es herrlich nach einer würzigen Gemüsesuppe. Und als ich endlich meine gefüllte Schale erhielt, aß ich mit so großem Appetit, dass ich selber staunte.

Nach dem Essen wurde das Feuer schnell gelöscht. Wir alle waren todmüde. Da es nur die eine Hütte gab, legte sich das ganze Dorf in ihr zum Schlafen nieder. Die Frauen und Männer schliefen einfach auf den Bodenmatten. Ihre Kinder legten sie zwischen sich und wärmten sie mit ihren Leibern.

Für Anouk und mich erhielt ich eine Decke. Doch für sie holte ich auch noch den Schlafsack hervor. Wir legten uns nebeneinander und deckten uns zu. Es war, als hätten wir es schon ewig so getan.

'Endlich ausruhen von allem', ging mir als Letztes durch den Kopf.

Dann musste ich auch schon eingeschlafen sein. Denn ich träumte von einem kalten Winter weit fort vom Meer.

Ich schlenderte mit meiner Familie durch festlich geschmückte Straßen. Mein Junge staunte über die blecherne Eisenbahn in dem alten Spielzeugladen. Sie war hundert Jahre alt! Ein Stück weiter entdeckte meine Frau einen Stand, der ihr besonders gefiel. Sie zog ihre dicken Handschuhe aus, obwohl es bitterkalt war, und strich verträumt über die handgewebten Stoffe. Wie zart ihre Hände waren! Ich kannte ihren Blick dabei.

'Frohe Weihnachten!', flüsterte sie mir ins Ohr. Und sie umarmte mich.

Und plötzlich stand Anouk neben uns.

Sie sagte kein Wort. Sie nickte meiner Frau zu. Und ich fühlte, dass es ein stummes Versprechen war.

Denn die reichte meinem Jungen die Hand und ging mit ihm fort. Sie lächelte und winkte mir zu, ehe sie in der Menge verschwand. Ich sah ihr noch hinterher, als sie schon längst verschwunden war. Ich lächelte, bis mich jemand kräftig anrempelte.

Ich schrak hoch.

Ringsum war es dunkel. Das Rauschen des Meeres erinnerte mich daran, wo ich mich befand.

Anouk!

Sie lag neben mir, hatte die Decke zur Seite geschoben und zitterte. Ihr Gesicht glänzte und sie keuchte wieder. Sie hatte ihre Augen offen und sah mich an, während sie meine Hand nahm.

Ich kauerte mich neben sie und kramte den Kräutersud hervor.

Diesmal wollte sie einen Schluck davon. Danach ging es ihr besser. Sie atmete zwar noch heftig und hatte Schmerzen, aber sie hielt es besser aus als in den Nächten davor.

Safira hockte sich neben uns. Sie betrachtete Anouk für einen Moment. Dann schien sie entschieden zu haben, was das Beste sei.

Sie entzündete ein Licht. Anschließend schwenkte sie es über Anouk hin und her und flüsterte dabei.

Wieder kam mir Xin in den Sinn.

Auch die übrigen Frauen des Dorfes versammelten sich nun um uns. Ihre Lichter tauchten Anouk schließlich in einen festlichen Schein.

Die Lichter der Frauen lebten! Sie schufen und vernichteten die Schatten so geschwind, dass kein Dämon sich zu verstecken vermochte in Anouk. Das Dunkel musste fliehen heute Nacht!

„Wenn die Geister kommen, entzünde ein helles Licht!", raunte Safira mir zu.

Anouk lag friedlich da und schlief. Und die Frauen legten sich wieder hin.

Ich merkte, wie verkrampft ich war, und schüttelte mich, bevor ich die Flasche mit dem Kräutersud beiseitestellte und sie sorgfältig verschloss.

In Safira, die noch bei uns geblieben war, erwachte plötzlich die Neugier. Gierig sog sie den Geruch der Kräuter ein, als kenne sie ihn.

„Wo habt ihr das her?", sie war aufgeregt auf einmal.

Ich zuckte mit den Schultern.

„Aus der Stadt. Von einer alten Frau, die uns geholfen hat. Sie heißt Xin."

Safira schlug die Hände vors Gesicht. Sie schluchzte plötzlich und Tränen füllten ihre Augen.

„Entschuldige. Aber Xin ist meine Mutter!", rieb sie sich die Augen. „Sie lebt also. Geht es ihr gut? Erzähle!", sie wollte alles wissen.

Ich beschrieb ihr, wie Xin uns in der Stadt geholfen hatte, und dass sie uns überredet hatte, mit dem Zug zu fahren.

„Ohne Xin wären wir uns sicher nie begegnet", schmunzelte ich, „warum lebt sie in der Stadt?"

Safira atmete gedehnt aus.

„Unser Dorf wurde ihr zu eng. Sie sagte, sie sei nicht heil wie wir."

Ich schluckte.

„Dasselbe hat Anouk getrieben!", ich kramte das geblümte Kleid hervor und zeigte es der jungen Mutter,

„sie wollte die Welt sehen. Doch die Welt hat Anouk krank gemacht. Wenn sie wieder gesund ist, will sie es anziehen."

Traurigkeit überkam mich. Würde der Kampf, den Anouk führte, jemals enden? Oder musste sie sich bis an ihr Ende quälen damit? Ich knautschte den Stoff mit dem Blumenmuster.

„Gib es ihr am Morgen. Sie ist gesund", Safira erhob sich und ging leise fort.

In diesem Augenblick war sie der alten Xin sehr ähnlich.

12

„Das Kleid passt nicht! Verdammt, ich bekomme es nicht zu!", Anouk zerrte so ungestüm an dem feinen Stoff, dass er jeden Moment zerreißen würde.

„Halt, halt!", lachte ich und trat zu ihr. „Lass mich das lieber machen!"

Ich grinste und versuchte, das Kleid zu schließen. Aber es ging wirklich nicht.

„Es ist groß geworden", ich fühlte über den runden Bauch.

Anouk stand vor mir wie ein bockiges Kind.

„Ich hatte mich so darauf gefreut, es überzuziehen!", verärgert warf sie das leichte Kleid auf die Wiese.

Die anwesenden Männer warfen sich klammheimliche Blicke zu, und die Frauen begannen zu tuscheln.

„Anouk", flüsterte ich.

Doch sie reagierte nicht.

„Anouk!", sprach ich lauter.

Da zuckte sie zusammen und sah mich fragend an.

„Was ist?", sie war ganz woanders gewesen in Gedanken.

„Du stehst splitternackt mitten im Dorf. So sehr mir das gefällt: Aber die anderen tuscheln schon!", ich musste grinsen.

Anouk aber hatte nichts Besseres zu tun, als sich zweimal um sich selbst zu drehen und allen zu zeigen, wie hübsch sie war!

„Du findest mich also begehrenswert!", kicherte sie, als sie endlich in ihre Sachen schlüpfte.

„Schon lange!", rief ich ihr zu, während ich noch vor ihr zum Strand hinunterlief.

Unten legten wir uns in den Sand und schauten den Wellen zu, wie sie dunkel heran rauschten und heller wurden, bevor sie sich im Sand verloren. Wenn sie sich zurückzogen vom Ufer, schien es, als sammelten sie nur Kraft für den nächsten Anlauf. Erfrischt würden sie ans Ufer streben, erneut und immer wieder. Bis ans Ende aller Tage.

„Was wollen wir nun tun?", fragte ich, denn ich hatte nachgedacht über uns.

Anouk malte Figuren in den feinen Sand.

„Was meinst du?"

Ich setzte mich auf, und behielt das Spiel der Wellen im Blick.

„Wir können nicht ewig Urlaub machen. Wenn wir hierbleiben wollen, müssen wir unseren Beitrag leisten!", ich rupfte einen Grasstängel heraus und kaute darauf herum.

Anouk hatte aufgehört, Bilder in den Sand zu malen. Sie setzte sich ebenfalls auf und sah mich an. In ihren Augen spiegelte sich das Meer, dessen Salz sie sich von den Lippen ableckte. Sie fuhr sich über den Bauch.

„Ich könnte für die Kinder da sein. Sie mögen mich", Anouk wurde unsicher, „meinst du, ich gäbe eine gute Lehrerin ab?"

Ich nickte.

„Sie himmeln dich an und würden alles für dich tun!"

Nach einer Pause legte ich Anouks Kinn in meine Hand und sah sie ganz ernst an.

„Du müsstest natürlich noch viel strenger werden mit ihnen!", ich verzog keine Mine.

Anouk hielt ganz still.

Ich merkte, dass ihr zahlreiche Fragen durch den Kopf wirbelten. Plötzlich war sie ganz die erwachsene Frau, die Verantwortung trug. Danach erst drang mein Spaß zu ihr durch.

„Ach, du!", sie schubste mich in den Sand und kullerte lachend hinter mir her.

Nun lagerten wir beide nebeneinander und sahen die Wellen heranbrausen. Für eine Weile gab es nur das.

„Was hast du vor?", beendete sie das Schweigen.

Ich erzählte ihr von meiner Sehnsucht nach dem Meer, das mich in seinen Bann zog, seit wir hier angekommen waren. Ich beschrieb ihr meinen mächtigen Wunsch, mit den Wellen zu reiten und zu fischen. Ich hatte mich entschieden.

„Ich werde ein Fischer!", sagte ich bestimmt, „als Fischer kann ich jeden Abend hinausfahren. Und morgens, wenn ich heimkehre, sehe ich mein Glück erwachen. Ich weiß ja, wo es träumt und dass es auf mich wartet. Ich vertraue meinem Glück!"

Anouk sah mich an.

„Das kannst du!"

Anouk bat die Dorfbewohner am Abend, zu entscheiden. Sie hatte ihr Vorhaben geschildert, und ich meines. Wir saßen unruhig am Feuer in dieser Nacht, Anouk und ich.

Lange besprachen die Männer und Frauen sich untereinander. Sie schickten uns sogar fort an den Strand, wo das Rauschen des Meeres ihre Aussprache übertönte.

Doch im Morgengrauen riefen sie uns zu sich.

Es ging laut zu am großen Feuer, als wir die Wiese wieder betraten. Auch die Kinder hatten mit Sicherheit kein einziges Auge zugetan!

Und dann traten wir in den Ring. Ich wusste, dass nun alles entschieden war.

Denn Safira erhob sich, und mit ihr alle Übrigen.

„Bitte bleibt!", sagte sie nur.

Und alle jubelten.

Die Männer klopften mir auf die Schulter, Anouk tanzte vor Glück, und die Frauen lachten uns zu und klatschten in die Hände.

Sie schenkten Anouk eine Kette aus Blumen, und hängten auch mir eine um. Und mir fiel auf, dass heute jeder im Dorf eine trug.

Ich erinnerte mich an die schlichte Blumenkette, die Anouk um die Armbeuge getragen hatte, als wir uns kennenlernten. Damals waren wir beide auf der Flucht. Ich vor mir selbst, und Anouk vor der Welt. Heute waren wir endlich zuhause angekommen, hoffte ich.

Anouk lächelte mir zu. Sie stand hinter dem Feuer. Und plötzlich hielt sie inne. Die flackernden Schatten bewegten sich ja für sie.

Ihre unvermittelte Stille färbte auf die Dorfbewohner ab. Alle warteten gespannt, was passieren würde.

Anouk kam auf mich zu. Langsam ging sie, Schritt für Schritt. Sie genoss die kühlende Feuchtigkeit des satten Grases unter ihren nackten Füßen und die Neugier der anderen.

Und dann küsste sie mich endlich auf den Mund und schmiegte sich an mich, bis der Jubel um uns herum die Nacht beendete.

An diesem Morgen bereitete das Ungeborene Anouk zum ersten Mal heftige Schmerzen.

13

Ich brauchte ein Boot, wenn ich fischen wollte. Bis es so weit war, nahmen die Männer mich in einem der ihren mit. Es war die schönste Zeit, an die ich mich erinnern konnte.

Wenn die salzige Gischt mir ins Gesicht spritzte und das nasse Holz des Bootes im Mondlicht glänzte, fühlte ich mich frei! Unter mir schimmerte die endlose Tiefe geheimnisvoll und dunkel. Und auch wenn es rings um das Boot nur das Wasser gab und den gleichfarbigen Himmel, fühlte ich doch das Leben von allem ringsum. Ich war dankbar dafür und fühlte mich reich beschenkt.

Mit der Zeit wurde ich geschickter beim Fischen. Oft ging ich deshalb in die Stadt und tauschte den Fang gegen Geld. Die Frauen gaben mir dann ihre Wünsche auf, und ich besorgte alles für sie. Ich achtete aber darauf, dass immer etwas Geld übrig blieb.

Denn ich wollte einem Alten aus der Stadt das Boot und die Netze abkaufen. Damit ich ganz mein eigener Herr war. Und ich war glücklich, als ich es eines Tages tat.

Anouk hingegen ging es von Woche zu Woche schlechter. Das Kind in ihrem Bauch brachte ihr Höllenqualen und strampelte wie wild. Manchmal schrie Anouk so schmerzerfüllt, dass ich fürchtete, sie sterbe bald.

Niemand im Dorf konnte helfen.

Was sollte ich bloß tun? Anouk würde den Weg zur Stadt nicht überstehen. Ich beriet mich mit Safira. Doch wir fanden keine Lösung.

Die junge Frau schrieb trotzdem einen Brief. Sie bat mich, ihn in die Stadt zur Post zu tragen.

„Er ist für Xin", flüsterte sie und zeigte auf Anouk, „vielleicht kann sie helfen."

Gleich am nächsten Morgen ging ich los. Diesmal war es die einzige Besorgung, die ich vorhatte. Und ich legte die Strecke so zügig zurück, dass ich bereits nach wenigen Stunden wieder im Dorf war.

Anouks Zustand verschlechterte sich zusehends. Sie war nur noch ein Schatten ihrer selbst. Die Kinder, für die sie der Sonnenschein war, sahen ihr traurig nach.

Ich wurde wütend. Hatte sie etwa so hart dafür gekämpft, clean zu werden, damit sie nun einfach wegstarb? Das durfte nicht sein!

Und dann rief sie mich.

Der Klang ihrer Stimme alarmierte mich. Ich warf einfach zu Boden, was ich in der Hand hielt, und rannte zu ihr in die Hütte.

Sie lag auf der Schlafstatt und sah mich fiebrig an. Ihr Bauch wölbte sich wie aufgebläht unter der Decke hervor. Gegen ihre abgemagerten Arme wirkte er wie ein Ballon.

„Ich habe keine Kraft mehr", stammelte sie.

Sie versuchte, sich aufzurichten. Doch sie schaffte es schon nicht mehr. Ergeben fiel sie zurück auf das Lager.

Mit einem feuchten Tuch erfrischte ich ihr das Gesicht und den Hals.

Sie versuchte zu lächeln. Aber ich wusste, dass sie furchtbare Angst hatte.

Plötzlich hatte sie ein Messer in der Hand und setzte es sich an die Kehle.

Ohne zu überlegen, griff ich nach der Klinge. Ich zerrte daran und schnitt mir die Finger blutig, doch Anouk hatte auf einmal so viel Kraft! Sie ließ nicht locker!

Ich hielt fest und keuchte und sah zu, wie mein Blut auf Anouks Hals tropfte. Das Rot beruhigte mich seltsamerweise.

Doch Anouk riss die Klinge ruckartig zur Seite und überrumpelte mich damit.

Während der Schmerz noch durch meine Hand raste und ich zurückzuckte, weil sie mir tief in die Finger geschnitten hatte, hob sie das Messer zum tödlichen Stoß.

„Verzeih mir, aber ich halte es nicht mehr aus!", presste sie alle Luft aus sich heraus.

Sie stieß das Messer herab und schrie, dass es mir das Herz zerriss.

Das Licht neben ihrem Bett flackerte im selben Augenblick, als ob eine Tür zugeschlagen wäre. Und eine runzlige kleine Hand entwand Anouk blitzschnell das Messer.

Mir wurde schwarz vor Augen.

Als ich wieder zu mir kam, lag Anouk neben mir. Frauen hantierten um uns herum und trugen etwas fort, das sie eingewickelt hatten.

Eine von ihnen, eine kleine Alte, drehte sich zu mir um.

„Xin!", ich freute mich riesig, „wie ...?"

„Hast schlechte Nachricht selbst eingesteckt", die Alte lächelte mir zu, „konnte nicht zulassen, dass Glück stirbt!"

Ich rappelte mich auf.

„Wie geht es Anouk?"

Die Alte schwieg, bis die anderen Frauen fort waren. Nur Safira war bei Anouk hocken geblieben und sah mich traurig an.

Xin kauerte sich dazu.

„Kind ist tot. Starb, bevor Atem kam. Ist besser so, war falsches Kind", sie streichelte Anouk zärtlich über die Wange, als wisse sie alles.

„Anouk lebt - gut. Aber sie ist schwach."

Wir gingen leise nach draußen.

Xin stellte sich neben mich und sah mit mir hinüber zur Unendlichkeit des Meeres.

„Sie sucht doch nur das Glück", begann ich, „warum muss sie solche schweren Prüfungen ablegen?"

Die Alte schüttelte den Kopf und sah hinaus aufs Meer.

„Anouk ist zart und zerbrechlich. Wie die glucksende Gischt am Strand. Und sie ist auch stark und voller Mut! Wie der Sturm dort weit auf der hohen See", Xin nahm meine Hand und zeigte mir eine dunkle Stelle, weit draußen, an der ein Orkan tobte.

„Hast du es nicht längst bemerkt? Anouk sucht nicht das Glück. Sie ist das Glück! Seit sie hier ist, leuchten die Farben lebendiger im Dorf, und das Lachen vertreibt jede Trübsal. Safira selbst hat es mir gesagt. Durch Anouk wurde das Dorf neu geboren. Halte sie fest. Sie liebt dich über alles!"

Ich sah mich um. Es stimmte, was die alte Xin sagte!

Längst standen die Hütten wieder aufrecht im Kreis um das große Feuer. Ihre neuen Dächer glänzten satt bei Regen, und raschelten geheimnisvoll in der Trockenheit. Das alles und die zum Trocknen aufgespannten Netze dazwischen zeugten vom Fleiß der Männer. Und die Felder rings an den Hängen und die frischen Blumen, die als Schmuck an den geflochtenen Wänden hingen, zeigten das Können der Frauen. Immer duftete es irgendwo nach leckerem Essen. Was gab es Schöneres für die Kinder, als in dieser heilen Gemeinschaft aufzuwachsen?

Was könnte es Lohnenderes für mich geben, als das Glück zu lieben?! Ich atmete tief durch.

„Was willst du jetzt tun?", fragte ich Xin nach einer Weile.

Sie sah mich an und schmunzelte.

„Ich werde eine Weile hierbleiben. In der Stadt fühlte ich mich allein, seit Anouk fort war."

Ich lachte.

„Du wirst dich umgewöhnen müssen!"

Xin knuffte mich in die Seite und drückte mir das leichte Blumenkleid in die Hand.

„Warst du früher Fischer, Michael?"

Zeitfracht Medien GmbH
Ferdinand-Jühlke-Straße 7
99095 Erfurt, Deutschland
produktsicherheit@kolibri360.de